누가
무현금에게
한뎃잠을
재우는가

누가
무현금에게
한뎃잠을
재우는가

———— 현대시인선

조 용 식 시집

미래사

추사가 친구인 이재 권돈인에게 보낸 편지에 "오서수부족언 칠십년吾書雖不足言七十年 마천십연 독진천호磨穿十研 禿盡千毫 미상일 습간찰법未嘗一習簡札法"이라고 썼다. "내 글씨에는 아직 말하기에 는 부족함이 있지만 칠십 평생에 먹을 가느라 열 개의 벼루에 구 멍이 뚫렸고 붓이 다 닳아 모지랑이 붓이 된 것이 천 개나 되나 그렇지만 한 번도 간찰의 필법을 익혀 본 적이 없다"는 뜻이다. 요약하면 그렇게 열심히 글씨를 써와도 아직까지 부족함이 있고 간찰을 쓰는 서체는 따로 공부하지 않았다는 것. 당시에 추사의 글씨를 탐내는 사람들이 추사의 간찰을 요구하였는데 추사가 이 를 이해할 수 없다고 거절했다는 내용의 편지이다.

'추사체'라는 고유명사로 불리는 최고의 글씨는 물론이고 〈세한도〉로 대표되는 그림과 시와 산문에 이르기까지 학자 로서, 또는 예술가로서 최고의 경지에 이른 추사가 닳아 모지 랑이 된 붓이 천 개나 되도록 칠십 년간 써온 글씨에도 만족 하지 않고 스스로를 낮추는 말이다. 더구나 남에게 내놓는 간 찰서체는 공부한 적도 없다지 않는가. 이야말로 학문의 내공 이 깊은 사람만이 운위할 수 있는 겸양지덕이 아니던가.

그런데 실로 공부는 제대로 시작도 못한 초학이 주제를 모르고 세상 눈치도 없이 책을 낸다고 문 밖에서 떨고 서 있다. 그러나 『논어論語』「양화陽貨」편 3장에 "오직 상지上智(지극히 지혜로운 자)와 하우下愚(가장 어리석은 자)는 변하지 않는다"고 하였으니 무식한 자가 용감하다고 좌고우면하지 않고 지나간 동인지 『글밭』의 묵은 먼지를 털어 폭서曝書하듯 몇 년 동안 게재한 것을 헤집어 바람을 쐬고 묶다가 보니 책이 되었다. 이미 화석이 되어 굳은 녹을 벗겨내는 일이라 막상 내밀려고 보니 손이 주저한다.

　　매 행마다 생각이 많아 발걸음이 엉키고 밟히는 어쭙잖은 작품을 햇빛에 내어 놓고 보니 얼룩지고 절룩거리는 것이 대부분이라 생경스럽다고 점찍을까 두렵다. 나이 들어 걸음마를 새로 배우는 초학이 쓴 졸필이니 그 이후의 일은 남저지로 생각하시기 바란다.

　　졸저에도 불구하고 해설을 맡아주신 조동범 시인에게 감사드리고 아울러 도서출판 미래사의 관계자 분, 『글밭』 동인 여러분의 도움으로 졸저가 빛을 보게 되어 감사드린다. 이 졸저를 졸필자의 중형이신 전 월간지 『여학생』 편집장을 역임한 백람白嵐 조윤식 선생 영전에 올린다.

2024년 초봄

우거寓居에서 백파白坡 조용식

차례

1부

누가
무현금에게
한뎃잠을
재우는가

겨울소리

삼복에 들문* 접어 올리고
삿자리 깔고 누워 천천히 귀를 튼다

달빛이 제 그림자에 놀라 뒷걸음질하다가
마른 낙엽 밟는 소리

뒤통수 동그란 동자승이 절간 바람 소리에
낮에 들은 속세가 무엇인지
띠살문 좁은 칸에 침 발라 손가락구멍 내는 소리

취설吹雪에 겨울나무가 목검을 들고
산등성이에서 쫓겨 내려온 바람의 허리를 베는 소리
폭설에 등이 휜 뒤꼍의 설해목雪害木 한 쪽 팔이
깊숙하게 꺾이는 신음 소리

* 옛 한옥에 들어 올려서 매달 수 있도록 한 방문

개울가에서 오리나무 방망이로 두들겨 맞은 빨래가
나뭇가지 위에서 다리를 뻗대며 얼어 죽는 소리

시집간 누이가
코고무신을 끌고 가만히 중문을 들어설 때
발밑에서 서릿발 기둥 무너지는 소리

군불솥에 데운 물로 고양이 세수하고 들어갈 때
언 문고리에 손가락 달라붙는 소리

그믐 밤 돌아눕던 앞 강물이 강심까지 얼어붙는 소리가
절벽에 부딪쳐 되돌아오는 목 쉰 소리

겨울바람이 야경夜警*을 돌다가 열려있는 덧창 너머
부르르 떠는 창틀 사이로 슬쩍 들여다보는 소리

아랫목에 묻어둔 늙은 아버지의
밥그릇 뚜껑이 엄지발가락에 걸리는 소리

* 밤사이에 화재나 범죄 따위가 없도록 살피고 지키는 것 혹은 그 일을 하는 자경대

겨울비에 젖은 빈 콩대로

토방 아궁이에 군불 때는 저녁

연기가 비를 비켜서 올라가는 소리

뜨거운 소여물을 식히는 새끼 밴 암소의

코뚜레 사이로 나오는 더운 숨소리

오래 된 철도 관사의

얼룩 진 유리창 해묵은 먼지 꽃 위에

덧입혀서 성에꽃 앉는 소리

누가 무현금無弦琴*을 겨울 문밖에 세워

한뎃잠을 재우는가

마루판 틈새로 올라오는 여름 한기

귀 밝은 여름새 발이 시리다

* 줄 없는 거문고

몌별袂別[*]

어린 시절
맞절을 하면서 같이 배운 친구
아쉬움이 동구 밖까지 걸어 나왔다

빌려 탄 당나귀가 산모롱이를 돌아간 뒤
말문을 열지 못한 달이
왔던 길을 되돌아 걷는다

가는 곳 없이 마실 돌다가
제 자리에 돌아와

하고 싶은 말을 못해서
입이 당나발처럼 퉁퉁 부었다
떠돌이 개가 달그림자를 보고 짖는다

* 소맷부리를 잡고 헤어진다는 뜻으로 섭섭히 헤어짐을 이르는 말

윤사월閏四月*

초록으로 반짝이는 물고기 떼가
함성을 지르며 산으로 올라갔다
푸른 나무 하나 끌어안았다

계곡에서 살고 있는
햇빛 한 줄기
물이끼 타고
벼랑을 기어오르고

봄꽃 한 겹씩 떨어지는 소리에
조급한 수컷 말매미가 자지러지고
찌르레기도 덩달아 우는데

머리를 뒤로 묶은 초부樵夫

* 박목월의 시 「윤사월」에서 시제詩題를 빌려옴

소꼴 한 짐에
윤달을 얹어서 내려온다

때 이른 여름이 지게꼬리에 매달려 있다

소꼴 바지게에서
흰 빛으로
흰 빛으로 익어가는

탁설鐸舌[*]

동네 암자에서
작은 풍경風磬을 하나 얻었기로
마땅히 둘 데가 없어서
앉은뱅이책상 모서리에 달았는데

봄잠에 취해
잠깐 졸다가
화닥닥 헛발질을 했는데
정정靜靜 동동動動

꿈에 본 것이 아까워
홧김에 풍경을 탁 건드렸는데
정정동동靜靜動動 정동동靜動動

* 풍경의 종벽을 쳐서 소리를 내게 하는 물고기 모양의 추

꽃비에 젖은 봄꿈을 벗어

풍경위에 널어놓고

가는 귀 먹은 노인네처럼

못들은 척하고 있는데

정정동동靜靜動動 정정동靜靜動

웬 죽비소린가

화들짝 놀라서 정좌靜坐하고 있는데

동동動動

이명조차

한 줄로 빨려 들어가고

침만 주르르 흘리고 앉았는데

정靜

어디까지가 꿈인지 모르겠더라

빈집

처마가 허리를 굽혀 웅크리고 있다
그림자가 그림자를 서로 감고 버티고 있다

아침과 낮과 밤이
제 키 높이에 맞춰 드나들었다
어제 왔던 햇빛이
오늘 아무 일 없이 또 지나가고
입술 깨진 오지그릇에 묵은 빗물이 반쯤 고여 있다

집 안팎의 시간이 서로 엇갈린 바퀴를 돈다
집 앞에 도랑물이 바뀌는 줄도 모르고
문 안에선 소리 소문 없이 지나간 시간의 냄새가
물기 빠진 채 켜켜이 말라붙어 있다

간신히 문을 열자
오래 묵은 적막이 삐걱 고개를 내민다

누군가 들어와 산다고 해도
사람 사는 연기 한 줄 올라갈 것 같지 않은 집
갈 데 없는 욕심이
바람 한 짐 부려놓고 간 뒤
보이지 않는 문짝이 어딘 가서 삐걱
이빨 빠진 바람만 여기저기 모서리를 핥고 다닌다

벗어 놓고 간 허물
낡은 기둥 하나를 버티기 위해
몇 꺼풀의 세월이 벗겨졌을까

네모지고 구석진 삶을 살았을까
모서리가 깎이고 옆구리는 닳았다

잠시 처마 밑에서 물기를 털고
다시 길나서는 바람

떠들썩하던 이엉이 몸을 낮추고
오다가 지친 달빛이 문고리만 잡고 만지작거리다가
흩어진다

독거 獨居

물 한 방울

오래 오래 목매달려 있다가

투욱 끊어지고

쓰레질해 담아도

시나브로 앞가슴에 쌓이는 먼지

혹시나 쪽문 열고 내다보는 바깥

누가 불렀을까

아이들 과자 먹는 소리

귀가 닫히면서

아이들 소리도 풀썩 주저앉았다

문바람 팽閘

문틀 틈에 몸이 끼어서 밤새도록 입술가벼운소리로 울고
있다

멀리 갔던 울퉁불퉁한 바람이
문 앞에 얌전히 놀던 바람을 꾀어 와서
가늠하는 것보다 열배 스무 배는 더 큰 바람이 되어
문틀에 매달려 할퀴고 있다

목청을 돋워 문풍지를 잡고 울부짖는 바람에
죽은 나뭇가지 흔들리는 소리가 자물려 있다
뿌리 깊숙이 들어있던 울음을 펌프로 잦아 올리고 있다

어디를 긁지 못해 저리 버둥질인가
더넘바람에 푸른 잎 까닭 없이 툭 떨어지듯
누군가 한 생이 자지러지는 처연한 소리

늙은 까마귀가 슬픈 목소리로 상여를 따라가며

눈만 퀭하게 꺼지는데

꺽꺽 느끼던 울음을 잠시 멈추고

속으로만 우는 바람

몸을 바꾸고 싶은 바람소리

저 바람도 이 시간이 지나면

다시 오지 않을 것

천정 밑에 검게 매달린 외로움을 뜯어내어 문틈을 막았다

소리를 닫거나

문을 조금만 더 열어두면 될 것을

밭둑의 풀잎이나 겨우 따먹는 하루치의 삶을 껴안고

더 긁어낼 것이 없는 등을 웅크려 쉬고 있는

정소淨掃가 끝난 방

기억의 뼈만 누워있는 방

오늘 일 소리 째 고대로 복사하여

시렁위에 올려놓고

고치 속에서 아무 생각 없이 명상하다가

반 정도만 자고 일어나 열어본 창문 앞에

어제 밤에 떨어져 죽은 바람이

어수선하게 널려 있다

동살이 터오면

거뭇거뭇하게 묻혀 조금씩 일어서는 새벽의 소리

석유 등잔불을 잡고 평평한 일상을 시작한다

아직은 사람냄새가 남아있는 가난한 집에

갑자기 기름 떨어진 보일러가 나와 서있다

바람은 들고 있던 모래를 내려놓고

빈손으로 들어 왔다

초승달

1
초사흘이나 초나흗날의
우물 속
금가락지 하나 빠져있다
들여다 볼 때마다 조금씩 닳아
이제 반만 남았다

2
여인이
다리를 외로 꼬고 앉아 있다
4B 연필로 선을 그리다가
둔부의 굵은 선만 남기고 멈추었다
나머지는 가렸다

가린 것 보다
더 많이 보여주는

3

서릿발이 솟았다

얼음이 터지면서 비명이 났다

칼끝이 살코기에 박힌다

살치살의 마블링이 손 시리게 선명하다

4

낫날을 버린다

바닷물이 일렁이면서

달 월月의 삐친 월첨月尖*을 세운다

옛날 옛적부터

낫은 벗은 채 벌려 서있다

* 초승달의 양쪽 끝 뾰족한 부분

놋요강

옛날에

작은집 할배가 살아계실 적에

늙은 감나무 옆 툇마루에서 잠시 입을 벌리고 볕을 쬐고
있었다

굳어버린 화석에서 풀려 나오는 수릉대 향기

볕에 단 놋요강에 마른 꽃 한 송이 피었었다

산명山鳴

새벽잠이 덜 깬 사미승이
당목撞木*을 민다
한 번
또 한 번

범종소리에 깨어난 벚꽃망울이
환하게 눈을 뜨고

온 산으로 밀면서 번져가는 꽃물결
너울 타고 넘어가는 뒤에서 받는 소리**

명동鳴洞*** 안을 휘둘러 감았다가
천천히 풀려나오는 청정淸淨

* 범종을 치는 긴 통나무 막대
** 민요에서 한 사람이 앞소리를 메기면 뒤따라 여럿이 함께 부르는 소리
*** 종의 하부에 항아리를 놓거나 땅을 움푹하게 파서 소리가 울리도록 한 것

아! 이 꽃등燈의 맴놀이여

겹겹의 화엄이여

산울림은 아직 산을 돌고 있다

모종暮鐘

저녁 예불 종소리
일음一音 일음一音*
가는 것과 되돌아오는 것

앞산 뒷산이 울리고
갔던 종소리가 돌아올 때까지
산들이 모두 일어서서 기다린다

서른세 번 범종소리의 끄트머리에 매달려
산 빛이 넘어가는 소리

산이 산을 밀어내고
밀린 산이 또 다른 산을 밀어내는
여음餘音에 따라 잎 멍울도 달라지는가

* 부처님의 설법은 어디서나 동일하다는 말. 종소리

붉게 끓는 석려 夕麗

뭇 중생을 악업에서 벗어나게 한다는 종소리
두들겨 맞아 울고 지치고 멍든 것은

한 세월 푸른 잎으로 살아 온 홍엽이다
떨어질 때가 된 잎은 모두 과보를 받고 있는가

누가 뭐라는 이 없어도
낙엽이 붉어진 얼굴로
말없이 지는 것도 공덕이 될까하여
저 홀로 낮은 곳으로 내려간다

종소리에 고개 숙인 나뭇잎이
바람에게 앉았던 자리 내어주고
땅으로 내려와 가부좌를 틀고 앉아보지만
풀어진 다리가 옆자리로 자꾸 겹쳐진다

바람이 따라 내려오면 이 마저도 내주고
옮겨 앉은 자리에서 비 맞고

흙으로 돌아가는 것

쉽사리 남루를 벗지 못하고 입은 채로
가까이 혹은 멀리서 다가오는 종소리를
하루 내 비어있던 속으로 받아먹고
쟁기를 거두어 돌아가야 하는 시간

종소리에 끌려 내려오는 산 그림자
집으로 가는 길이 멀다

산사의 짧은 가을해가 모르는 척 넘어 가고
종소리만 천천히 산을 돌아 나간다

조금씩 밀려가는 산
옷 거는 나무못 하나 없는 하늘은 공室이다

먼 산이 그리운 것은

먼 산이 그리운 것은
구름이 서있는 곳으로
고개를 돌려서라도 보려고 애쓰기 때문이다

가까운 산이 많아서
먼 산이 우는 소리를 듣지 못하기 때문이다
봄볕에 아지랑이 타는 냄새가
미처 다가오지 못하기 때문이다

산이 산 옆에 있을 때는
그리운 줄 몰랐다가
먼 산에 다가가면
산은 또 산 몇 개 쯤 물러서기 때문이다

어둡고 그리운 날이면
산이 좀 작게 보이더라도

어디 다른데 가지 않고 그 자리에 있기 때문이다

언제라도 손 뻗으면 닿을 것 같아도
희미해지는 운무의 깊이를
다시는 짚어볼 수 없기 때문이다
산의 내부로 흐르는 강물의 깊이를
가늠할 수 없기 때문이다

숲이 품고 있는 비밀을
산도 알고 있기 때문이다

먼 산은 먼 산일 뿐
보이는 모습 그대로 간직할 수 있기 때문이다
묵은 된장처럼 오래 된 것을 꾹꾹 눌러
깊이 갈무리해 놓았기 때문이다

먼 산이 그리운 것은
혼자 부르는 목소리가
메아리치지 않고
들리는 소리가 없어

묵언수행에 들지 못하기 때문이다

달이 가끔 와서 어깨를 두드리며
먼 산이 서 있는 곳을 귀띔해 주기 때문이다

둠벙

학교를 마친 소금쟁이가
물낯을 간질이며 소리 없이 건너온다

길섶에 난 풀꽃을 피해 깨금발로 뛴다

어른 키를 훌쩍 넘는 담배 밭에
담뱃잎이 저 혼자 툭 꺾어진다

눈 뜬 둠벙에 뭉게구름
손깍지 끼고 누운 무싯날無市-*의 오후

뒷재를 넘어 온
한여름 해보다 긴 허기
살강 위의 아시** 삶은 보리쌀 소쿠리가 반이나 비었다

* 오일장이 서는 곳에서 장場이 서지 않는 날
** 처음, 애초, 애벌의 경상도 사투리

징소리 정鉦

눈 먼 여인이
얼어붙은 산책길 옆에서
살며시 속치마를 걷어 올리다

살얼음 위에 뜨는 보름달을 보고
놀란 강아지가
갑자기 짖어대다

언 입술로
엄지손가락을 깨물다

보름달에 실금이 지나가다

흐르는 눈물 누涙

강물이 따뜻하다
물 건너 나무들이 작은 몸짓으로 일렁거리고
산은 조용히 발을 담그고 있다

며칠 전부터 아프다던
강물이 잠시 두통을 멈추고
작은 등불 하나 내걸었다

동인瞳人이 천천히 걸어 나온다
어둠을 들쳐 업고 들어 온 바람 한 채
등불을 슬쩍 디민다

강물이 흔들린다
나무들이 뼈째로 흔들린다
청포묵처럼 산 전체가 흔들린다

매듭 풀린 푸른 강물이
가선 진 강둑을 따라 넘칠 때

그리하여
고인 눈물이 흔들리고
몇 겹으로 접힌 강물 속으로
침묵이 깊숙이 가라앉을 때

한 점 강물소리 툭 떨어진다

여름밤

귀먹은 산새가
기웃거리는 산사

됫박만한 방에
등짝을 붙인다
이런 저런 눈치 볼 것 없이
난닝구까지 활활 벗고
창문까지 들어 올려
맞바람이 지나간다

형광등을 끄고
달빛을 모두 불러들이자
돌개바람이
텐트만한 빤스 속까지
휘휘 젖고 있다

갈비뼈를 간질이며
빠져나가는 달빛이 추워
으히히히

훔쳐갈 것도 뺏어갈 것도 없고
물 말은 밥에 풋고추라도
한 끼 때웠으니

이제 바로 죽어도
별로 억울할 것 같지 않아
가장 큰대자로 누워
빈 창문에 별을 몇 개 불러 온다

낮에 먹은 물밥에
풀 방귀 푸르릉 빠지면서
내 곤고한 하루는
퇴침을 모로 세우고
코를 탕탕 곤다

공양을 놓친 목어도

입을 떠억 벌린 채

길게 코 골며 열반 속이다

제설

– 눈 먼 노인이 아이에게 말했다 이 세상 빛을 모두 합하면
  흰색이 된단다

서설瑞雪이라더니
되가 수북하게 내리네

돌감나무 위 어디쯤에
아직 떨어지지 않은 잎
몇 잎인가 남아 있는데
눈꽃이 마구잡이로 내려앉네

아 눈꽃이야
눈꽃이지만
떨어진 것은 떨어지는 눈일 뿐
눈꽃은 아니네

괜한 마음 빗세울 데 없어

쌓이는 눈을 쓸어내지만

얼어붙기 전에 쓸어내지만

쓸어도

쓸어도

지나 온 자리를 되돌아보면

자꾸만 뒤에서 무너지는 응어리진 눈

흰 눈

이 아련한

　아이가 노인의 손바닥에 눈 한 송이를 얹어 주었다 이게

　흰색인데요-

거기 누구신가

거기 누구신가

낡은 문설주
헐렁한 돌쩌귀
대문도 없는 집에
바람만 걸려서 삐걱 빈 소리 난다

거기 누구신가

화투점괘에 메조가 떨어지면
손님이라더니
오늘 누가 오시는가

갈 곳 없는 바람이 또 오시겠는가
바깥은
오늘도 아무 일이 없이 지나갔다

어느 날인가 감나무 잎 하나
방문 틈으로 슬쩍 얼굴을 디밀고는
그해 가을은 아무 일이 없었다

거기 누구신가

1부 누가 무현금에게 한뎃잠을 재우는가

유리문

유리문 안에 나비가 산다
배추흰나비 낡은 날개를 접어
겨드랑에 끼고 산다

다 내어주고 더 이상 나눌 것이 없어
외로운 마음만 한 움큼씩 붙잡고 있는
절벽 위 요양원
역병도 찾아오지 못하도록
유리문으로 금줄까지 쳐 놓은 집

통유리로 만든 문 안에
둘째 형수가 싸리 꽃처럼 잔잔하게 웃으며
구순이 가까운 세월을
햇볕에 말리고 있다

안에서 걸어 잠그고

밖에서 못질해 놓고
보여주려는 이와 보려는 이가

안팎이 마주 보이는 유리문을 사이에 두고
금줄 앞에 발끝을 대고 앉아 있다

면회 간 우리들은 유리문 이쪽에서
마스크로 입을 닫아걸고
휴대폰에 대고 괜히 볼륨만 올리고
손짓 발짓까지 끌어온 요양보호사의 통역으로
가지고 간 안부를 띄엄띄엄 풀어 헤친다

날개를 펴는 것도 팔이 뻐근한 나비
은빛 날개로 날아
아들의 어깨에 살포시 내려앉고 싶지만
유리문 밖으로 탈출하고 싶어
날개를 펴 보지만
펼수록 오그라드는 몸을
가장 작게 펴고 있다

나비는 자꾸 정물화 속으로 들어가고
서서히 견고한 회벽이 되고 있는 유리문 안에서
안 으로 안 으로
날마다 외로운 집 한 채씩 따로 짓고 있다

종일 날개를 펴고 집을 짓다가
해가 지면 다시 해뜨기만을 기다렸을 것

유리문만 열면
언제나 장대 같은 아들이 서있다고 믿는 형수
오늘도 손수건만한 햇볕만 따라다니고 있다

낮은 길 대문간에
밤새도록 어두운 등 하나 매달려 있다

순수의 술

동네우물에서 퍼 올린
두 개의 수소 와 한 개의 산소가 결합한 순수의 물에
순수 알코올 한 방울 발을 헛디딘
순수의 술
객물客- 한 방울 어리지 않은 얼음 같은

벼랑 끝에서 떨어지는
폭포수의 마지막 한 방울
독공 끝에 절정에서 내리꽂히는 동편제

얼지도 않을 거면서
혀를 잘리고 싶은
사기그릇에 둥근 얼음이 걸어 다니는 맑은 소리

목젖을 태우지 않고는 못 배기는
원시原始의 술 한 사발

알코올 탄 냉수를 사발때기로 마시고

술 사발에 고인 햇살이 빗금을 치는 순간

알코올은 스스로 동편제로 발효 되어
빈 것만 가득한 들판에 한 줄기 광휘를 세우고
숲은 하얀 청맹과니가 되었다

술이야 있으나 없으나 밑바닥이 바로 보이는
맹물 같은 술사발의
끝없는 취기

순수는 어디로 날아가고
혼자 기다리던 빈 달도 하릴없이 넘어가고
정향丁香도 단맛 쓴 맛도 아무도 없이
귀 맑은 소리만 남았다

사발때기 후 건주정乾酒丁이라도 부리고 싶은
생로병사만 거저 남은 술

2
부

천리 먼 곳에서
천천히 걸어오는 연

인因

산책길에 작은 돌 하나를 주워 왔다

무심코 밟고 넘어질 뻔했던
돌멩이, 아무렇게나 생긴

주머니에 넣어오는 동안
돌이 따뜻해졌다

연緣 2
–종점

풋 과일 같은
꽃 한 송이 샀다

지하철에서
가는 데 까지 으늑히 들여다보고 있다가

종점에서
그냥 그 자리에 주고 내렸다

연緣 3

-무연無緣

살눈이 살며시 내리는 날
보수동 책방골목에서
누렇게 변색된 옛날 시집 한 권 샀다

삐거억 소리 나는 첫 장을 넘기자
빛바랜 갱지에
잉크 색깔만 선명한 적바람* 한 장
잠이 덜 깬 눈으로 어정어정 걸어 나왔다

누구였을까
오륙십년은 족히 되었을 먼 과거의 어느 하루
눈 내리는 저녁 앉은뱅이책상에 앉아
시집을 한 권 보냅니다
한 줄짜리 적바람을 한 사람은

* 간단히 적은 짧은 편지 또는 편지를 쓰는 것. 경북 북부지방 사투리

오래 두고 봐도 닳지 않을

혹여 금방 지나가더라도

마음에는 꼭꼭 여미게 하였을

두 사람만의 이야기가

헌책방에 걸어 다니고 있다는 건 모르고 있을

누군가의 편이 되어

오륙십년 전 어느 날의 마음을

조용히 따라가다가

잉크처럼 파릇해지는 정을

책갈피에 도로 끼워 넣었다

살눈 녹듯

오래 전에 소멸되었을 지도 모를 인연

이 즈음에 연緣을 닫는 것이

후일 또 누군가 이 시집을 열어

새로운 연緣을 만드는 길임이랴

연緣 6

-바람

갑자기 회오리바람이 돌면서
쓰고 있던 벙거지 모자를 벗겨갔다

초속 십오 미터의 강풍에
촌보寸步도 옮길 수 없어
벙거지가 한길 건너편으로
연줄 끊어진 연鳶처럼 날려 가는데도
내 육신 붙잡기에 바빠 오그린 채 우두망찰 보고만 있었다

몇 년 전 국제시장에서 얻은 모자
벙거지를 봄가을로 백수머리에 얹어 다니는 동안

내 백발과 붙어 지내면서
가장 살가운 대화를 했을 것이며
불기 없는 머리 꼭대기를 감싸고 앉아서
궂은 일 가당찮은 일도 묵묵히 봐 왔을 터인데

바람이 벗겨간 것이 벙거지 하나뿐이겠는가
모자에 묻은 궂은 때까지 모두 가져갔다

집으로 돌아가는 내내
끊어진 연이 못내 아쉬워
바람에 날리는 흰 머리칼이
하늘을 움켜잡고 있었다

한동안 쉽사리 다른 모자를
얹지 못하고 백수로 지냈다

연緣 7

-돌부처

돌부처가 선정禪定에 들었다

바람이 코끝을 간질이다가 갔다

돌부처는 여전히 눈을 감고 있다

바람이 되돌아 와

비린 물이끼 하나 코 밑에 묻어 놓고 갔다

돌부처가 살며시 눈을 떴다

연緣 8
-파리

두 손을 맑은 공기로 싹싹 비벼 닦고

얼굴은 청정 이슬로 정갈하게 씻고

무릎 꿇어 거룩하고 경건한 자세로

지나가는 길에서 만난

죽은 지렁이를 염殮하려 합니다

연緣 11

-지나던 길

지나가면서
어깨 스치듯 만난 고교 친구
반백 머리에 손 흔들며
안부 인사 얹어 주고

꿈에 본 듯
웃으면서 비스듬히 지나가는 구름
오래 된 과자 부스러기처럼 퍽퍽한 말 치례
가고나면 그 뿐

친구는 저 만치
구름이 가는 데로 따라 떠나고
사람들이 머물렀던 들판에
바람마저 지나가고 나면

아까 보았던 그 하늘은

비어있다
끝 간 데 없이 비어있어
오래 보고 있다

내가 서있는 곳도
곧 비워주어야 할 빈자리다

연緣 12

-검정 물잠자리

풀잎을 타고 흔든다
이만 팔천 개의 심심한 홑눈으로
물 건너 저쪽을 넘겨다보며
눈 흘기는 암컷을 초고속으로 찍고 있다

속눈썹이 긴 여인이 한 번 깜박이는 순간
잠자리는 얼마나 많은 날갯짓을 했을까

인간사 한 살이가 잠자리의 한 살이에 어깨를 기댄다
늦가을의 햇살에 검게 그은 날개
반공에 정지한 채 거푸 거푸 적시는 꼬리 짓에
백팔번뇌를 헤아리며 떨어지는 염주

작은 여울목의 물낯이 간지럼 탄다
맨발이 뜨거워 발을 자꾸 바꾸면서도
풀잎 대궁을 냉큼 떠나지 못하는 짧은 속연俗緣

아직 깨어나지 않은 식솔들이

물속에 아직 많이 남아 있나보다

연緣 13

-사미니

밤 강물이 나뭇잎에 실려 한 겹씩 밀려가고 있다
남실바람에 넘실거리는 흰 여울도
남실바람 때문이거나 어두운 밤빛 때문이거니
떠다니는 나뭇잎에 어찌 까닭이 없을까
달맞이꽃이 입술을 지그시 깨문다

촛불이 흔들리는 법당 안으로
나지막하게 걸어 들어오는 달빛
꽃눈개비 같은 잔잔한 목소리가
천수경을 짚어가고 있다
한 번도 들어 본 적이 없는 법음法音이
죽비를 들고 사방에 서 있다

먹감나무 가지에 전면纏綿* 한 속연俗緣

* 실이나 노끈 따위가 친친 뒤엉킴

돌로 씻어 문질러도 지워지지 않던

발바닥의 푸른 문신이 차츰 희미해지고 있다

버린다고 버린 것이

끊을수록 외려 당겨지는 실매듭

실과 실 사이는 느슨하게 해야 잘 풀어지는 것이어서

매듭이 풀리게 하는 것은 오직 기다리는 것 뿐

어금니로 달빛을 끊어 두 손바닥 위에 올려놓는다

산문山門을 들어 설 때 다 벗어버리고 온 사미니

불전에 촛불이 켜진 뒤에야

비로소 숨김없는 알몸이 되었다는 것을

머리를 깎은 후에야

어린 마음에 생각만 머리카락처럼 길었다는 것을

팔뚝의 연비燃臂*자국을 본 뒤에야

내 것이 내 것이 아니라는 것을 알아 간다

** 불가에서 출가하여 승려가 되기 위해 치르는 의식

짚수세미에 기와 가루를 묻혀

놋숟가락에 배인 청녹을 벗겨내고

세고世苦를 씻은 물 한 방울 내려가면

과거는 굳어가고

열린 상처는 아물기 시작한다

산새가 아까하고 다른 목청으로 운다

연緣 20

돌 옆에 작은 돌 하나 앉았다
아무 일 없는 돌 두 개의 궁둥이가
서로 문지르면 소리가 난다
돌 두 개가 내는 하나의 소리

수천 년 전부터 일구어진 지금
이 돌이 앉은 자리가 저 자리가 아니고 이 자리인 것은

그 긴 시간동안
돌이 가지고 있는 천추千秋의 초시계가
항상 그 자리에서
단 한 번도 어긋나지 않았기 때문이다

산길 1

굽어 있다
참 멀다

돌아보면 아득한
길을 따라 가는 눈
산허리가 굽어 있다

산마루에 올라선 노루가
반드시 뒤를 돌아다보듯이

밟고 온 시간의 꼬리가 구비 구비 길다
나만 아는 길

붉은 심장으로 걸낭을 고쳐 당기던
길은 어디서 끝나는가

2부 천리 먼 곳에서 천천히 걸어오는 연

산길 2

해가 산오리나무에 걸려있는
산길
길이 좀 넉넉하다

다리쉼을 하자고 앉은 길섶
새끼손톱에 뜬 반달의 반 만 한
꽃이
하얗다

산 향기에 취한 스님이 바랑을 놓쳤나
됫박 쌀이나 엎질러놓았다

무심코 핀 꽃이 아니거니
산꽃, 미안하다
미처 네 이름을 알지 못했다만
더러 한 번씩 밟히기도 하겠지만

알은 체 하는 이도

간섭하는 이도 없어

이름 모르는 꽃이 더 자유롭다

산고양이 한 마리

햇볕을 등에 업고

지 맘대로

느릿느릿 그 길로 들어섰다

하릴없는 바람이

슬쩍슬쩍 꼬리를 따라 간다

올려다보니

속없이 깊은 하늘

멧꿩이

시도 때도 없이 껑껑 운다

산길 3

외길로 들어섰다

한 굽이 돌 때마다
산이 하나씩 내려와
앞장서서 걷는다
해를 하나씩 이고 간다

산은 한 겹씩 껍질을 벗고
새살이 돋아났다
산을 접어 호주머니에 넣어도
몇 개의 산은 아직도 고개를 내밀고 있다

산이 또 산에서 내려오려는가
자꾸 안경테를 들어 올려 먼 데를 본다
이제 바람도 노곤하게 누웠다

산 위에서 얼쩡대는 낮달을
홀로 두고 산을 넘었다

낮달이 제자리에 돌아와 있다
달은 산 위에서 앉아 쉬고 싶다

어쩌나
아까부터 나직나직 따라오던
이 그리움은 또 어찌할 것인가
허공 끝에 걸린 아쉬움
젖은 몸속에 우겨 넣는다

오래 걸었다
오늘만 걷기로 하자
오늘까지만 걷기로 하자

산마루에 가까우면
하늘이 빙빙 돌면서 내려온다

산길 4

지리산중턱 임도林道 옆
지렁이 한 마리 죽어있다

아무도 보지 못하는 곳에
이유도 없이
홀로 죽어있다
옆구리가 하얗게 말라있다
따가운 햇볕만 옆에서 지키고 있다

콩새가 내려와
죽은 지렁이를 쪼아 흔들더니
반만 잘라서 물고 날아갔다

반 남은 지렁이는
잊힌 기억 몇 개만 들고
헌 신문지에 둘둘 말려 흩어진다

남 몰래 너 죽은 뒤

바람조차 떠나고 나면

그 자리에 무엇이 남나

바람도 그 자리에

무엇이 있었는지 기억하지 못한다

죽은 너를 보고 있는 것이

무슨 인연이겠느냐만

그 조차 여기서 끝나는구나

저 생에서는 그 자리에

산꽃으로 피어날까

좌탈입망이 아니어도 이제 적멸에 듦이라

그런데 오늘 왜 이렇게 서투르게 서있지?

산길 5

홍시 하나를 따다가 터져버렸다
엉겁결에
하늘 한 켠에 던져버렸다

붉게 번지는 서쪽 하늘

산길 6

길 잃은 산 새 한 마리
내가 걸어온 길
저 밑으로 누워있다

맥이 무너진 다리를 꼬고 앉아
길을 잡아당기고 있다
무거운 길이 하나 씩 당겨 온다

작은 길이 길마중 나오는
굽은 길 너머에 거리를 알 수 없는 길

길마중 나온 길에게 한 바랑씩 세월을 벗어주어도
여전히 어깨에 남아 있는 석양의 빛

조금씩 잇대어있는 길
길이 발바닥에 붙어 떨어지질 않는다

환상통 1

-없는 것이 아프다

바람이 말없이 왔다

창문 앞 소나무 가지에 걸려있거나
지하철 에스컬레이터의 손잡이에 앉아 있거나
때로는 놀이터에서 재잘거리는
아이들 소리에 섞여 있다가
뜬금없이 손전등을 비추고 들어왔다

연어가 모천회귀 하듯
살았던 곳으로 되돌아 온 바람
내가 내어 준 길로
살아 온 흔적을 냄새 맡으며

막다른 구석방으로
구멍 난 바람이 한 무더기씩 불을 켜고 들어와
얼음을 깎아서 다리뼈를 만들고 있다

세포 하나하나를 이간질하고 있다

지하실에서 실눈을 뜨는 통각

흰나비가 떼 지어 날아올랐다

낯익은 통증이 아는 체하며

뼈 깎는 소리를 길게 짧게

계면조로 이어 간다

수천 년 전 학 다리로 만들었다는

뼈 피리 소리가 저러하였을까

음계를 이탈한 피리 소리가

빈 방에서 바람에 부딪치며

공명共鳴하거나

비명悲鳴하다가

가끔 신경질을 내며 자해를 했다

바람이 빈 바짓가랑이를 채울 때마다

새로운 다리가 돋아났다가

사라졌다가

바람과 내가 등 대고 있는 동안
바람이 허방에 대고 헛발질을 하는 동안
나는 풍선 바람 빠지는 소리를 내며
바람을 어적어적 씹고 있다

뜨겁던 바람이 흩어졌다

내가 오기로 견딘다는 것을 숨기기 위해
등을 돌려 껴안았을 때
바람은 내 무릎에 앉아
웃음을 참고 있다

팔뚝에
다리가 있었던 증명을 위해
마약 진통제로 문패를 달았다

환상통 2

-아픈 것이 없다

밀물이 들어온다

어디서부터 밀물이 되는지 분명치 않지만

물이 들어오기 시작하면서

개펄이 하나씩 뒤로 누웠다

집게다리 떨어진 달랑게가

개펄구멍에 끼어 다리를 못 펴고

두 살 반짜리 아이도 잠시 울음을 멈추었다

달랑게가

집게다리로 잡으려다 바닷물만 집어 올렸다

바닷물이 한 움큼씩 깨어지면서 게거품이 일었다

바닷물이 빈 바짓가랑이에 파도칠 때마다

가랑이가 펄렁거리며 거품이 터지고

달랑게는 비명을 잠그고 풀썩 주저앉았다

살점을 한 점씩 뜯어낼 때마다

비어있는 곳을 찾아 돌아났다가
다시 터지는 거품
바다가 파랗게 질렸다

질린 색깔은 거품의 변용이던가
거품과 질린 색깔 어느 쪽이 무상無相일까
거품이 언제 흔적이 남던가
거품은 꺼지고 나면 그 뿐

바닷물이 빠진 자리에
낡고 빈 바짓가랑이가 반쯤 펄 속에 묻혀있고
빈 조개껍질과 비닐봉투가 삐딱하게 일어섰다

달랑게가 옆으로 걷고 있고
커다란 바다는 여전히 조용하다
망원경이나 현미경이 없어도
육안으로 봐도
아무 것도 없는 것이 보인다

빈 가랑이를 두 손으로 감싸 붙였을 때
손등에 누워있는
바닷물의 그림자 하나

작은 소리로 숨 쉬고 있다

개펄에 수많은 발진이 돋아나기 시작했다
달랑게가 숨을 몰아쉬면서
다시 아플 준비를 하고 있다

환상통 3
-바람이 불어야

숲에서
수시로 일어나는 풍뢰風籟
미농지를 세로로 찢는 소리에
가지가 휘어지고 있다

내 일상이 늘 편안하고 즐거웠던 시간은
너와 내가 한 몸이었을 때였다
그러던 너는 내게서 떨어져 나간 후
죽어서 바람이 되었다

네가 들어오면 머물 곳을 준비하고
따라 온 소리가 난장질하면
나도 끓는 소리로 답을 한다
아픈 건 누구도 대신해 줄 수 없으니까
일대일로 맞짱뜬다
오늘도 실제상황이다

아프다는 걸 감추지 않는 것

있는 그대로 보여주는 것

쇠 소리를 내며 쟁쟁거리던 바람
내가 너를 껴안고 몸 춤이라도 흔들면
너는 연기처럼 슬며시 빠져나갔다가

가뭄이나 장마 혹은
산이 밤새 울었다든지 하는 것과는 상관없이
잊을 만하면 다시 안개처럼 슬며시 들어왔다

싫어도 기다려지는 바람
수시로 일어나고 수시로 죽는 바람
오래 되어도 무디어 지거나
이빨이 빠지지 않는 바람
해묵은 동통疼痛을 항상 새 것처럼
날을 벼리어 들이미는 바람

궂은 날 생솔 가지 타는 매캐한 저녁연기가

나지막한 바람을 안고 들어 와 생떼를 쓰고 있으면
바람 스스로 문 열고 나갈 때까지 기다리다가
바람이 나간 다음에야
짧은 잠이 다가오는 일

바람이 바람을 만나 스스로 작아졌다
아무 것도 없던 자리에
바람이 와서 영혼마저 잠시잠시 흔들지만
가고 나면 우듬지의 작은 가지도
새 한 마리 앉았던 자리도 변한 것이 없다

밑둥치 만 남은 나무에
바람이 불어야 잎사귀가 보인다
내가 푸르게 살아있음을 안다

꽃잎이거나
나비이거나

브 름왓* 수국水菊

가만히 앉아 있을 땐
나비인 줄 몰랐네

바람결에 날려갈 땐
꽃잎인 줄 몰랐네

꽃잎이거나 나비이거나
그때는 사랑인 줄 몰랐네

* 제주도 방언으로 바람 부는 밭이라는 뜻. 서귀포시 표선면 성읍리 수국길

간 봄 그리매*

초등학교 오학년 땐가 육학년 때 이었던가
동네 뒷산에서 혼자 개참꽃**을 따는
소녀를 보았지
꽃잎만 하나 씩 떼어 버리고 있었지

거미다리 같이 가는 손가락에 번진
꽃분홍 꽃물
버려진 꽃잎들이 소복이 누워있었지

그날 소년은 이우는 달빛 속에 쪼그리고 앉아
산이 우는 소리를 들었지

무당개구리가 하늘을 깨고 나와서
봄이 지나간다고 밤새 울었지

* 향가 「모죽지랑가」의 첫 구절 "去隱春皆理米 간 봄 그리매"에서 따옴
** 안동지방에서는 진달래꽃을 개참꽃이라 한다

알 수 없지요

그때는 배가 너무 고파서

개구리 암수가 다 울었는지

                                        *

열 두엇 소녀의

풋 감자알만한 가슴에

봄볕이 잠깐 비치다가

한나절이 채 못 되어

개울둑을 소리 없이 넘어가고

소녀는

내리 삼일 신열을 앓다가

반벙어리가 되었지

그해 봄은 그렇게 지나갔지

굴뚝새가

한 세월

휘이 날아갔지

진달래꽃

계모가 굶겨 죽인 아이

나이 어린 친어미

송뢰松籟소리 고요한 뒷재 언덕배기

붉은 피울음을 토한 날

찢어지게 밝은 보름달

어른 손등만한 애기 무덤

허기 진 어미여우 그림자

가래나무 암꽃

말 못하는 소녀
이불을 시치다가 찔린 손끝
흰 옥양목에 임리淋漓하는
아직 산소가 남아있는 선홍에
슬멋슬멋 비쳐드는 봄볕 한 줌

사분거리는 솜털의 그늘을 들치고
누가 봄을 켰는가

점점이 가늘게 떨어지는
소녀에겐 처음인
앵혈도 처음 보는 세상이 부끄럽다

반개半開

반달이 떴다고
반쪽만 비추지는 않는다

꽃이 반 쯤 피었다고
어찌 반 만 보여주는 것이랴

꽃이 피는 것은
더 이상 감출 게 없이
깊숙한 속살을 보여주는 것

손대지 말라
저절로 열리느니
누가 열리는 꽃과 눈 마주칠 수 있겠는가
파과破瓜의 두려움을 가득 담아
하늘을 마주 보는 꽃

봉오리가 반쯤 핀 것은
이미 다 열렸다는 것

남은 반은 자적自適의 시간

그래서 꽃에게는
아직 반만큼의 기다림이 있다

기다림은 그리움이 일상이 되어
종내 열린다는 것을 알고도 모른 척 하는 것

반가사유상의 미소에 더 보탤 것이 없다
녹기 시작한 얼음

더 열리지 말기를
꽃이 반 쯤 피었을 때
부끄러움을 가장 느낄 때
보는 하늘도 눈을 잠시 감는다

만개하는 것은 떨어질 일만 남은 것

청국장이 익는 시간이다

그 사람 올 때까지

반만 피어 있으라

패랭이꽃 거蘧

바위 틈새
비집고 나온 패랭이꽃
댓잎 같은 그림자가
반쯤 휘어져 있다

지나가던 바람이 되돌아와
한참 보고 있다

구름이
물 한 모금 주고 갔다

그 사이
꽃이
딱 한 번 흔들렸을 뿐
꺾이지 않았다

포스트 잇

꽃이 몇 개 뒷골목으로 돌아가더니
무더기 무더기로 걸어간다
굵은 색깔과 얇은 목소리의 꽃들이
이마를 맞대고 와글거리고 간다

맞댄 이마가 터져서
이웃 이마에 피를 묻힐 때도 있고
밀어 같이 써놓은 짧은 말마디가
끼리끼리 덩어리져 골짜기를 메우기도 한다

땡볕과 비바람에 흔들리며 살아 온 각각의 들꽃
흔들리는 동안에도 뿌리는 조금씩 자라고
지그시 눌러 놓은 입술자국이 서로 다른데도

꽃은
입술이 변주하는 휘파람 소리에 따라

동쪽으로 허리를 굽혔다가 서쪽으로도 눕는다

어떤 이들은 그걸 들국화라고 부르고

또 다른 이들은 구절초라고 한다

겨울나무

솔개가 타원형으로 돈다
겨울나무들이 말없이 서 있다

지나간 계절 내내 바람에 흔들리던 푸른 깁
여름 한 철 빌려 입은 것들을 모두 벗어 주고나면
흔들릴 것도 내줄 것도 없는 빈 손
옷을 입지 않고 벌거벗은 것이 나무의 본디 생김새다

겨울에는 혼자다
우거진 숲으로 서서
나무끼리 서로 이웃하여 간섭하며
귀가 열리는 이야기들을 묶어두고 있다가

마지막 한 마디까지 다 털어주고 난 지금
띄엄띄엄 한 발로 서서 올려다보면
대낮에도 불을 켜고 그림자를 세우는 것

새들도 날아가고 없는 소림蕭林

우거진 숲일 때는 잊고 살았던 나무의 견고함이
나무로 선 뒤에야 비로소 하나씩 일어선다
나무가 야물어 지고 연륜이 겹쳐지는 것은
지워버리지 못하는 과거가 뭉쳐져 있기 때문
수피樹皮에 난 트집이 그 흔적이다

목을 늘려 발아래를 내려다보고 있다
음화陰畵 속 어깨 굽은 옹이와
달빛이 깎아 놓은 나무

낯선 늙은이가 거기 기대 서있다

                    *

나무를 바로 세운 건
절반이 겨울바람이다*
바람이 머물지 않고 지나가는 건

* 서정주의 시 「자화상」 중 "나를 키운 건 팔 할이 바람이다"에서 패러디

나무에서 나무로 달려오는 바람을
아무도 잡지 않기 때문이다
절반은 혼자라도 서 있겠다는 존재감이다
말 붙일 데도 없이 엉성하게 서있는 독수禿樹가
소리 없이 속으로 자라는 것은

핏기 없이 창백한 달이 가지 위에 걸린 것과
산 아래 초가집
아직 베어내지 못한 빈 수숫대와
길을 잃고 고향으로 돌아가지 못한
여름 철새 때문이다

당겨 덮을 이불도 술 취한 이웃도 없이
잠적岑寂한 나무 홀로 서 있다
겨울에는 혼자 생각하고 혼자 죽는다

겨울하늘에 얼어붙은 별을 캐내고 있다
문고리에 모인 추위가 그렇듯
성긴 가지 사이로 내려오던 별
빈 집으로 모여드는 산 그림자도 얼어 있다

무거운 고요를

봄이 흔들어 깨물 때까지

겨울에는 모두 그렇게 서 있다

3부 꽃잎이거나 나비이거나

미나리 꽃

햇빛이 말짱한 아침
미나리 밭 나비가
일찍 일어난 햇빛 앞에서
분란紛亂하게 춤을 춘다
간지럼 타는 몸을 비벼대며
소름을 털어낸다

서너 마리인가 대여섯 마리인가
훨훨 꽃과 나비가
이승의 눈금으로는 잴 수 없는
저 건너 세상을 넘나드느라
저리 수란愁亂스러운가
접고 펴는 것이 번거롭다

날갯짓 한 번에
몇 겹의 시간이 접혀 가는가

나비 비늘가루가

수천수만의 햇빛을 산란散亂시키고

깨어진 햇볕이

미나리 잎의 파란 핏줄을 들여다보고 있다

꽃잎이 바람을 타고 가면서

방금 일어난 일을 낱낱이 읽고 있다

나비의 얼굴도 가뭇하게 그을렸다

꽃이 있던 자리

후광이 얼굴을 내민다

대붕은 아직 자고 있다

아카시아 꽃

바람이 아무 생각 없이 헤집고 오다가
아카시아 가시에 찔려 넘어졌다

언제부터 저리 익었을까
꿍꿍 뭉쳐 놓았던 봄이 터지면서
쌀 튀밥 같은 꽃이
와르르 쏟아졌다

두 손 번쩍 들어 올린 꽃 타래가
덩더꿍 춤사위를 벌이고
하얀 한삼汗衫 부리를 뿌릴 때마다
골짜기 가득한 단 냄새

설장구 가락에 꽃 더미가 휘청거리고
보리밭이 반쯤 취해서 기울어졌다

조금씩 훔쳐 먹는 것이 더 달콤한 꽃

풋콩 비린내

봄이

넘어진 바람을

살살 구슬려서 데리고 갔다

꽃술에 조금조금 소름이 돋았다

오목 거울

화심花心을 분칠하고 올라 온 애기동백꽃

닿을락 말락 속눈썹 아래로 스친 안꽃뚜껑*

부끄럼 타는 동박새가 향기에 취해

화끈거리는 얼굴로 하루 낮 하루 밤 동안 비틀거렸다

* 꽃잎

하얀 목련

1

어쩌다 스쳐 지나가도
본 사람은 안다
보는 사람이 저절로 무구해 진다는 걸

흰 빨래는 희게 빨고 검은 빨래 검게 빨아*
흰 것이 더욱 순결해 보일 때
순결이라는 말을 처음 사용했을 것 같은
꽃이 땅으로 갈 때까지 좌선하고 있다

정화수 뜨러 가기 위해 댓돌 위에 돌려놓은
하얀 고무신
묵필로 순도 100%의 순결을 툭툭 찍어
하얗게 돋아 오르는 속심이 무표정한 맥박소리

* 경상도 진주민요 「진주난봉가」 중에서

이 다소곳한 순수 앞에서는 바람도 무례하지 않다
귀가 순해지는 저 조용한 소리를
얼마나 더 희어져야 들을 수 있을까

흰 색이 무슨 색이 될까 마는
부풀리지 않아도
오늘은 화뢰花蕾의 흰 목덜미가 도리어 색色이다

헛기침 한 번 하지 않는
반가사유상이 반 넘어 흘린
알 수 없는 미소를 어디에 주워 담을 수 있나

지난 밤 달빛이 한 곳으로 모여서
살창문 안채와 솟을 대문을
차례로 열고 나왔을 때의 목마른 현기증

보이는 것보다 안 보이는 것이 더 많은
흰색의 비밀이 조금씩 혀를 내미는
아늑한 옛날 냄새

불을 켠 하얀 풍등이

발목을 풀고 있다

하늘을 향해 떨어질 준비를 한다

때 이른 흰 나비 떼가 토담을 월장하고 있다

2

햇빛이 뒷산 숲에 발이 걸려서

흰 그늘이 잠포록한 날

어린 백자를 벗겨 낸 대팻밥 같은

하얀 속치마 한 겹 사르르

순종의 몸짓으로 조용히 내려선다

흰 색에 흰 옷을 입혀

아무도 거부할 수 없는 흰 빛의 무게

한 겹 씩 눈을 감고 뛰어 내린다

훈풍이 소리 없이 안고 내린다

3

수많은 버선발이

뒤꿈치를 들고 그림자와 뒤섞여
자박자박 걸어 다닌다
지난겨울의 결박을 풀고 뛰쳐나왔지만
아직도 버선코에 남아있는
말하지 않아도 서리는 흰빛의 절개

뒤집어 진 버선이
떨어져도 아직 덜 부서진 미소

물기가 남아 있다
떨어지는 소리 옆에
묵향이 가만히 일어선다

내가 감당할 수 있는 것은
한 두 잎일 때의 낙화
누구의 정인情人도 되어 본 적이 없는 것처럼
먹먹한 저 벙어리

발빠진 꽃잎을 쥐고
꽃잎 한 번 보고

가슴이 붉었던

꽃 진 자리 한 번 올려다보고

화문花紋

여기 저기 무릎이 까져서
두 발을 모래밭에 반 쯤 묻은 채
먼 바다를 향해 앉아 수잠이 들었던 돌멩이

작은 수반에 옮겨놓고 세상 먼지를 털고
우물물을 길어 올려 씻었더니
화들짝 잠이 깬 돌멩이

흐르는 물에 오랜 상처를 씻고
비명을 깨고 떨어지는 물그림자 속에
막 튀어 나온 입과 코
무심한 돌 얼굴에 물 마른 자욱이 피더니
차츰 눈이 벌어지고 돋을새김 위에 귀가 걸렸다

바로 보면 그 사람을 닮은 것도 같고
돌려보면 또 다른 그 사람을 닮은 것도 같은

몇 겁이 지나도록 고쳐나지 못하는 돌

우묵한 밭둑에 어렵사리 핀 들꽃처럼
지친 파도가 잠시 쉬는 사이에 번지는 하얀 돌꽃
씻는 마음에 따라 달라지는 돌의 숨소리

세상에 꽃 아닌 것이 어디 있으랴
가슴에 스며들어오면 다 꽃이 되는 것

매일 물 같은 마음으로 돌을 들여다보면서
돌을 깨지 않고 돌을 깨운다

돌에 제 정신이 돌아오고
물이끼가 생기면 말을 가르칠 것이다

대숲

처음으로 얻어 입은 중년의 삼베 중의적삼
풀 먹인 완보緩步가 휘적휘적
구겨진 데가 없이 빳빳하다

씨실과 날실의 성근 칸
실바람이 틈 벌리고 들어와
소여물 써는 소리
참별박이왕잠자리가 여울물에 날개 씻는 소리

갑자기 쏟아지는 소나기 바람
마른 마당을 두드려서 먼지 일어나는 소리
고의춤 아래
맨살 허벅지가 쓸리는 소리를
연필로 침 찍어가며 한글 일기장에 다 적는다

장지갑에 몇 장 든 오천 원 권 새 돈

중의적삼을 닮아 누렇다

아 아주 먼 데서 들리는
삼베 모시 다듬이질하는 소리

봄꽃

복수초 옆에 생강나무꽃 옆에 미선나무꽃 옆에 산수유꽃
옆에 제비꽃 옆에 각시붓꽃 옆에 금낭화 옆에 민들레꽃
옆에 앵두꽃 옆에 철쭉꽃 옆에 이팝나무꽃 옆에 유채꽃
옆에 배꽃 옆에 …

이 꽃 다 지고나면

어디로 가나

매화 Ⅳ

꽃이 이미 여러 해 전부터
그 자리에 매화로 피기로 작심했는가
오롯이 한 해를 기다린 끝에
춘한春寒을 머리에 이고 작은 꽃이 왔네

세월의 사이사이를 엿보지 않고
이끼와 같이 무심히 살아 왔거니

이른 매화는 이른 사람의 더운 입김이
겨울 내내 숨어있던 숲속에서
움츠리고 있던 어깨를 툭툭 털고
흰 꽃을 밀어 올렸거니

묵정밭 위 달빛을 조금 비켜선
중동이 뭉텅 꺾여버린 검버섯 고목에
봄이 우르르 모여 있네

아까부터 눈 준 곳

여태 이러고 있나
달 뜬 밤에 소리도 없이 내미는 꽃
주변이 다 썩은 고목인데
어찌 홀로 알불을 피우는가

여기
어깨 위에서 겨우 허리를 편 잔가지에
꽃 한 개비
한 밤 중 담뱃불 밝네

꽃은 다만 그 자리에 피었을 뿐이고
달빛은 숨어서 꽃을 훔쳐볼 뿐
지금은 숨을 들여 마시는 시간이네

눈이 뚜둑 소리 내며 내려앉네
봄이 시작되면 매화는 이미 꽃이 아니네

이 춘한春寒이 언제 다시 돌아 올 것인가

매화 V

득음이 하늘을 갈기갈기 찢어발겨
여백만 남은 정적의 순간

흰 가지 끝에 몸을 잠시 얽어매고

먼 저쪽으로 차갑게 눈을 뜨는 고적孤寂

없는 줄 알면서도
오래 붙들려 있었다

늙은 달

개암나무 가지 끝에
머뭇거리던 달

술 한 잔 건네자

슬며시 서쪽으로 갔다

4부 없는 줄 알면서도 오래 붙들려 있었다

갈고리달

달빛의 한 가운데를 가로 막고 선 요사채

토벽에 기대어 바람을 따라 다니는 소나무 그림자

갈고리달이 나뭇가지를 꿰어 굽은 춤을 춘다

사천왕상 몰래 담장을 넘어 온

담묵의 달빛이 기와를 이는 사이

산국山菊 더미의 하나만 들리는 풀벌레 소리

풋 잠든 불목하니가 뒤척일라

녹슨 풍경도 흔들리다 말다 하는데

가을볕에 종일 달아올랐던 수키와는

고개를 숙이고 잠이 들었고

씻어서 새로 세울 수 없는 시간

달을 보고 있는 동안

이름 없는 별 몇 개 구경삼아 내려와 있다

목 쉰 풀벌레 소리에

오늘 저 달은 쉽게 잠들지 못하고
눈을 가늘게 뜨고 있구나

허리를 굽히고 심 박힌 달이 푸른 물들었다

무지無知*

산책길에
이름 모르는 새를 만났다

이름을 찾고 있는 사이

새는 날아가고
그 자리엔 아무 것도 없었다

그 뒤에 아무 것도 없는 줄 알면서도
오래 붙들려 있었다

* 소크라테스의 "무지無知의 지知"에서

새 날아가다

함박지게 내리는 눈
노랑직박구리 한 마리

산수유 한 알
부리가 빨갛게 쪼아 먹고
한 뼘 날아오르다가

티끌 하나인들 짐이 될까
빈 날개 꺼정 수직으로 세워
훌훌 턴다

눈[雪]한 점 툭 털고
가볍게 날아가다

4부 없는 줄 알면서도 오래 붙들려 있었다

지나가는 새

해도 달도 모르게 쌓인 숫눈길
시려도 울 곳을 찾지 못한 젊은 아낙의
희뿌연 앙가슴

회칠만 희끄무레한 여러 겹 하늘이 무표정하게
숲을 꽈악 움켜잡고 있어서
활시위에 팽팽하게 올라앉은 고요

먼데로 돌아서 지나가던 새
참았던 새똥 한 점 사선으로 떨구고

깊은 산 고요가
둠벙 옆의 멧밭쥐 굴속으로
들어가는 연기처럼 소리조차 없는데

굴 입구에 눈석임물이 쪼르르 흐르고 있다

육필 肉筆

걸갱이*가 운다
붉은 울음을 뭉게뭉게 토한다

자드락 비 그친 뒤
살아있는 것이라고는 죽일 힘도 없고 죽여본 적도 없고
누가 제 등에 걸려 엎어졌다는 얘기는 들어 본 적도 없이

추깃물**이나 해골 물을 마시면서 살다가
땡볕이 부글부글 괴는 맨바닥에 올라 와
떼쓰듯 발버둥치며 온 몸을 굽는다

등뼈도 팔뼈도 없이 우그러지는 붓끝으로 기필起筆하고
한 일— 자로 늘린 허리
머리와 꼬리를 양쪽에서 빼치고

* 지렁이를 이르는 경북지방 사투리
** 송장이 썩어서 흐르는 물

4부 없는 줄 알면서도 오래 붙들려 있었다

뒹굴고 비틀며 한 자 씩 운필한다

무심필로 중봉中鋒*을 세워
전생에서 배운 심경心經을 초서로 사경한다

사람의 몸을 받지 못하고 지렁이로 태어나
진물을 찍어 쓴다

저승과 이승의 경계에 누워
한 생의 끝을 묶는 유묵
태어날 때 잠시 빌려서 쓴 몸
떠날 때 육필로 돌려준다

흙 묻은 아이들이 흙바닥에
걸갱이 같은 초서로 심경을 따라 쓰고 있다

* 서예에서 획의 진행방향과 붓 결이 일치함으로서 붓끝이 획의 중간에 위치하도록
  하는 방법

은날개녹색부전나비 암컷

막 우화한 암컷 나비 한 마리

참았던 소피가 급한 듯 작은 돌 등에 올라앉아
날개를 아래로 접어 엉덩이를 가린다

노란 수륜水輪*이 큼지막하게 지키고 있다

* 눈동자

4부 없는 줄 알면서도 오래 붙들려 있었다

매미소리

땅콩 밭에서 들었을까
알 감자 엎은 보리밥 냄새 속에서 들었을까

미루나무 서있는 강변
밭두렁에 남은
콩서리 흔적

강변에 불알 바알간 아이들이
둥근 해를 하나 씩 안고
음화陰畵로 찍혀 있다

사촌 누이가 쪄준 옥수수 알알이
달이 누렇게 떠 있다

선연鮮然히 다가오는
여름밤

강물이 머리맡을 감아 휘돌며
출렁출렁 물돌이하고 있고

숲이 시퍼렇게 멍들도록
숨 참으며 떼 창하는 말매미

동살이 틀 때까지 환청으로 오르내린다

그릇

I
빈 그릇
구름 하나
그냥

들여다보면
아무 것도 없이
맨 바닥만 보여

처음부터 그릇은
우렁우렁 비어 있었나

II
달을 삼키고도
모른 체하는 버릇

두드리면 달 소리가 난다

청랑한 소리
빈 그릇

배부르면 날 수 없는 소리

그릇 속에 무엇이 있나

Ⅲ
감출 곳도 없는
가난한 그릇

구름만 먹어도
배부르더니
문득 바람 한 바퀴 돌아나가고
이내
그릇은 터엉 비었다

다시 구름 뜨기를
사흘 밤낮을 무료하게
기다린다

139   4부 없는 줄 알면서도 오래 붙들려 있었다

Ⅳ

산을 빈 그릇에 퍼 담는다

촌집 한 채 고스란히 떠 옮기자
낡은 기둥에 매달려있던 소리들이
그릇 안에서 우렁우렁 거린다

바람과 구름은 슬그머니 거저 따라 왔다

가을 산소

낙엽더미에 도토리
툭 떨어졌다

놀란 청설모
소리 속에 숨는다

묏등 따가운
햇볕

숲은
다시 조용해졌다

4부 없는 줄 알면서도 오래 붙들려 있었다

춘수 春愁

봄이 소리 없이
앞문으로 들어왔다가

배추흰나비를 노리는
고양이 발걸음소리

여울물이 반짝거리는 소리

댓돌에 빗방울 굴러 떨어지는 소리를 듣고

봄밤이
뒷문으로 저렇게 몰래 빠져나가나 보다

선화공주님은善花公主主隱

하늘에서 예닐곱 자쯤 밑으로

툭 떨어진

산속 굴피 집

밤마다

별 하나 살짝 내려왔다가

새벽에

남 몰래 하늘로 올라갔다

4부 없는 줄 알면서도 오래 붙들려 있었다

합일

풀잎에이슬두방울서로마주보다가스스로제눈을찔러
하나가되었다

아지랑이

김해평야 너른 들

봄볕에 엉덩이가 간지러워진 땅

잘 익은 방귀를 슬며시 내놓았다

　　　　　　　4부 없는 줄 알면서도 오래 붙들려 있었다

좋은 날 좋은 시

산속 나무 우듬지에
노란 움이 환하게 트이는 날
이사하기 좋은 날

뫼펄에 배를 내밀고 있는 돌멩이 베고
약간 구부러진 햇볕 덮고
입은 반쯤 벌리고 그냥 눕고 싶다

가슴 속에 누워있는
아직도 용서하지 못한 일
저기 솔가지에 걸려있는
지나가면 다시 오지 않는 구름 속에 묻어 놓고

손 없는 날
강 건너로 둥둥 이사하고 싶다

공원풍경

머리 뽀글뽀글한 아지매들이 모여앉아
기초연금얘기를 하고 있다

뇌성마비 아이 둘
하나 둘 헤아리면서 공원바퀴를 도는데
바람이 괜히 따라 나섰다가
중간 참에 다리쉼을 하고 있다

콩새가
벌레 한 마리를 물어다 놓고
두리번거리며 주인을 찾고있다

공원 저쪽에서
바둑알이 따악 튀어왔다

4부 없는 줄 알면서도 오래 붙들려 있었다

을숙도乙淑島*

I

남쪽 먼 바다에서 올라 온 봄이
선착장에 묶여있는 유람선 갑판을 타고
은밀하게 들어 왔다
흰뺨검둥오리가 갯벌에서
뽀글거리며 올라오는 봄을 들여다보고 있다

강 하구 뚝 길
키 작은 감나무 가지
과육果肉은 텃새가 다 파먹었는가
말라빠진 감꼭지만 대여섯 개 남아서
눈엽嫩葉이 숨 트기를 기다리고

군데군데 물 빠진 갯벌
헌데 딱지 같은 작은 습지

* 새 많고 물 맑다는 뜻의 낙동강 하구의 섬

엽낭게 몇 마리가

겨울새가 버리고 간 빈 집을 집게발로 허문다

늙은 갈대며 마른 물억새의

긴 허리가 누워 있거나 꺾여 있거나

봄은 부서지는 소리에서 오는 것인가

꺾인 갈대 사이로 숨 트는 노순蘆*

아직 떠나지 못하고 모여 있던 철새 무리

빈 집 허물어지는 소리에 놀라

길을 비키며 저희들끼리 수런거린다

더러는 헐리고

더러는 몸만 빠져서 야반도주하는 것이

세상사가 아니던가

혹은 내년에 또 묵으러 올 것인가를

의논했을 지도 모를 일이다

* 갈대의 어린 순. 위아葦芽라고도 한다

Ⅱ

겨울새가 날갯짓하며

봄을 불러놓고 떠나고

알을 품었던 자리에

문패삼아 걸렸던

새 발자국마저 씻기고 나면

섬은 하나 씩 겨울을 벗어놓고

강 하구에 얼비치는 저녁 놀

한 무리의 텃새가

강 건너 아미산蛾眉山까지

한 바퀴 선회하고 돌아와

문패가 찍힌 집으로 찾아 간다

아직은 차가운 음력 초여드레의

창백한 봄 달이

반半에서 반의반으로 쪼개져서

물밑에 가라앉은 달빛이 먹빛이다

물위에서 쉽사리 잠들지 못하는

텃새들의 등뼈 위로

부서진 갈대의 그림자가 어른거린다

이슥해진 밤

배고픈 봄 달이

벌써 노순으로 풋바심 하려는가

차가운 달빛이 막 숨 트는

어린 순을 보고 있다

아아 차라리 을숙乙宿이었으면

한 생애를
관통하는
사유의 언어

_ 조동범(시인)

오랜 시간 하나의 세계를 추구하고 천착하는 것은 힘든 일이다. 더욱이 그것을 오롯이 간직하기는 더 쉽지 않다. 시를 쓰는 것 역시 마찬가지여서 자신만의 시적 세계를 오랜 세월 탐문하여 구축하는 것은 어려운 일이다. 자신의 언어를 찾아 헤매다 중도에 그만두는 경우가 허다하다. 설령 시적 세계를 찾았다고 하더라도 그것을 끊임없이 채찍질하며 놓지 않는 것은 드문 일이다. 더구나 홀로 외롭게 문학을 하는 시간을 견뎌야 하는 이들의 세월은 가혹하기까지 하다. 독자들이 조용식 시인의 자세한 문학적 연대기를 알 수는 없지만 소략한 약력에서 그가 견뎠을 문학과 시간의 무게를 짐작하는 것은 어렵지 않다.

문학을 하는 이들이 홀로 시간을 견디는 것은 일견 자연스러워 보이기도 하지만 결코 쉬운 일이 아니다. 시단의 전면에서 활발하게 활동하지 않고 침잠한 시인의 시간은 내적 독백과도 같다는 생각이 든다. 하지만 침잠하며 견딘 문학적 연대기는 깊이와 넓이를 갖게 하는 힘이 되기도 했을 것이다. 실제로 조용식 시인의 시집은 시간의 간극을 횡단하며 다채로운 시공간의 힘을 우리 앞에 펼쳐 보인다. 오래전 과거부터 현재에 이르기까지 이어진 시적 여정은 자칫 낡은 것으로 치부되거나 감상적 회고가 되기 쉽지만, 그의 시는 담백하고 담담하게 펼쳐진다. 그뿐만 아니라 오

해설 - 한 생애를 관통하는 사유의 언어

랜 세월을 견딘 사유의 힘이 불교적 상상력과 결합하여 철학적 세계로 독자를 안내한다.

조용식 시인은 불교적 사유를 근간으로 작품을 전개한다. 그러나 그것을 전면에 내세우기보다 시적 정서의 근간으로 삼을 따름이다. 불교가 환기하는 의미와 감각을 통해 조용식 시인의 시는 개성적인 감각과 깊은 사유를 부여받게 된다. 삶을 관통하는 언어의 힘은 불교적 상상력을 내장한 시 세계를 펼치며 독자의 의식을 이끈다. 이때 그의 시가 내세운 불교적 사유는 삶에 대해 해석적 태도를 취하지 않는다. 그의 시는 관조적 태도를 통해 삶을 통찰하고자 할 뿐이다. 종교가 삶에 대한 깨달음을 전면에 내세울 때 시적 감각과 사유로부터 멀어질 수 있다. 시는 깨달음을 직접 호명하는 것이 아니기 때문이다. 불교적 깨달음이 미적 인식과 결합하여 사유 너머를 관통할 때 독자의 마음에 파동을 남기기 법이다.

새벽잠이 덜 깬 사미승이

당목撞木을 민다

한 번

또 한 번

범종소리에 깨어난 벚꽃망울이

환하게 눈을 뜨고

온 산으로 밀면서 번져가는 꽃물결

너울 타고 넘어가는 뒤에서 받는 소리

명동鳴洞 안을 휘둘러 감았다가

천천히 풀려나오는 청정淸淨

아! 이 꽃등燈의 맥놀이여

겹겹의 화엄이여

산울림은 아직 산을 돌고 있다

_「산명山鳴」 전문

텅 빈 여백을 상상한다. 시어가 감추고 있는 지점이 얼마나 큰 세계를 내장하고 있는지 떠올리는 것은 행복한 일이다. 여기 당목을 미는 사미승이 있다. 당목으로 종을 치는 한 번과 한 번 사이가 있다. 시인은 그런 간극을 시에 적극적으로 배치하여 언어를 넘어서는 확장된 세계를 시 속에 펼쳐 보인다. 조용식 시의 여백은 들뜬 감정을 내세우지도, 이미지의 화려함으로 시적 세계를 위장하지도 않는다. 그저 묵묵하게 풍경의 명징한 어느 순간과 지점을 우리 앞에 부려놓는다.

이 시를 읽은 독자들은 어느새 새벽 산사의 풍경을 떠올린다. 그러나 시인의 시선은 새벽 산사 전체를 조망하려고 하지 않는다. 시인은 오로지 소리와 관련된 것에 집중하고자 한다. 그러나 소리는 금방 사라지는, 존재하나 존재하지 않는 것이다. 그것은 마치 여백처럼 나타났다 사라지는 것이다. 시인 앞에 펼쳐진 산사의 풍경은 소리를 중심으로 펼쳐지는 것이므로 텅 빈 여백과도 같은 간결한 울림을 갖는다. 그리고 이러한 소리의 감각은 불교적 상상력과 어우러지며 명징한 울림을 만들어낸다.

뒤통수 동그란 동자승이 절간 바람 소리에
낮에 들은 속세가 무엇인지
띠살문 좁은 칸에 침 발라 손가락구멍 내는 소리

취설吹雪에 겨울나무가 목검을 들고
산등성이에서 쫓겨 내려온 바람의 허리를 베는 소리

폭설에 등이 휜 뒤꼍의 설해목雪害木 한 쪽 팔이

깊숙하게 꺾이는 신음 소리

개울가에서 오리나무 방망이로 두들겨 맞은 빨래가

나뭇가지 위에서 다리를 뻗대며 얼어 죽는 소리

시집간 누이가

코고무신을 끌고 가만히 중문을 들어설 때

발밑에서 서릿발 기둥 무너지는 소리

군불솥에 데운 물로 고양이 세수하고 들어갈 때

언 문고리에 손가락 달라붙는 소리

그믐 밤 돌아눕던 앞 강물이 강심까지 얼어붙는 소리가

절벽에 부딪쳐 되돌아오는 목 쉰 소리

겨울바람이 야경夜警을 돌다가 열려있는 덧창 너머

부르르 떠는 창틀 사이로 슬쩍 들여다보는 소리

아랫목에 묻어둔 늙은 아버지의

밥그릇 뚜껑이 엄지발가락에 걸리는 소리

해설 - 한 생애를 관통하는 사유의 언어

겨울비에 젖은 빈 콩대로

토방 아궁이에 군불 때는 저녁

연기가 비를 비켜서 올라가는 소리

뜨거운 소여물을 식히는 새끼 밴 암소의

코뚜레 사이로 나오는 더운 숨소리

오래 된 철도 관사의

얼룩 진 유리창 해묵은 먼지 꽃 위에

덧입혀서 성에꽃 앉는 소리

_「겨울소리」 부분

　그곳에 소리가 있다. 청각을 통해 이미지의 여백을 만들어낸 시인은 더욱 적극적으로 소리에 대해 말하고자 한다. 시인이 듣는 소리는 불교적 상상력과 연결된 것이면서 동시에 현실 속 삶의 소리이기도 하다. 소리가 삶과 세상의 모든 것을 말한다고 여기며 소리에 마음을 다한다. 동자승이 "띠살문 좁은 칸에 침 발라 손가락구멍 내는 소리"로부터 겨울 "바람의 허리를 베는 소리"와 "설해목 한 쪽 팔이 깊숙하게 꺾이는 신음"에 이르기까지 소리는 세상의 모든 영역을 아우른다. 그리고 그것은 "빨래가 나뭇가지 위에서 다리를 뻗대며 얼어 죽는"소리나 철도 관사 유리창에 "성에꽃 앉는 소리"처럼 우리 삶의 깊숙한 지점에 놓이는 것이기도 하다. 언뜻 불교와 자연의 세계에 집중하고 있는 듯 보이는 조용식의 시는 그러나 현실의 이야기에도 깊은 관심을 기울인다.

　살눈이 살며시 내리는 날
　보수동 책방골목에서
　누렇게 변색된 옛날 시집 한 권 샀다

　삐거억 소리 나는 첫 장을 넘기자
　빛바랜 갱지에
　잉크 색깔만 선명한 적바람 한 장
　잠이 덜 깬 눈으로 어정어정 걸어 나왔다

　누구였을까
　오륙십년은 족히 되었을 먼 과거의 어느 하루
　눈 내리는 저녁 앉은뱅이책상에 앉아
　시집을 한 권 보냅니다
　한 줄짜리 적바람을 한 사람은

　　　　　　　　해설 - 한 생애를 관통하는 사유의 언어

오래 두고 봐도 닳지 않을

혹여 금방 지나가더라도

마음에는 꼭꼭 여미게 하였을

두 사람만의 이야기가

헌책방에 걸어 다니고 있다는 건 모르고 있을

누군가의 편이 되어

오륙십년 전 어느 날의 마음을

조용히 따라가다가

잉크처럼 파릇해지는 정을

책갈피에 도로 끼워 넣었다

살눈 녹듯

오래 전에 소멸되었을 지도 모를 인연

이즈음에 연을 닫는 것이

후일 또 누군가 이 시집을 열어

새로운 연을 만드는 길임이랴

_「연緣 3」 전문

오랜 기간 침잠하며 시를 써온 만큼 조용식 시인의 시는 시간의 층위를 켜켜이 담고 있다. 그것은 개인의 삶을 관통한 세월의 흔적일 수도 있고 당대의 삶을 표상하는 것일 수도 있다. 물론 그러한 시어가 지금의 관점에서 낡은 것으로 보일 수 있음을 안다. 그뿐만 아니라 시인의 정서와 감각 역시 언어와 유사성을 띠기도 한다. 하지만 세월을 견딘 시어와 정서는 단순한 낡음과 다르다. 더구나 그것이 현재와 이어진 과거라면 더욱 그렇다. 조용식 시인이 호명한 과거가 낡은 것으로 주저앉지 않는 이유는 언제나 그것이 현재성을 띠기 때문이다. 그의 과거는 회고의 형태로 현현하지 않는다. 시인은 작품 속 시간이 언제든 바로 지금 눈 앞에 펼쳐진 것처럼 바라보고 재현한다.

　　조용식 시인은 시간 여행자처럼 과거를 넘나든다. 그의 시는 독자의 먼 기억 속에 있을 법한 지난 순간을 호명하며 우리 앞에 삶을 부려놓는다. 때로는 독자가 상상하지 못할 정도로 오래된 사연을 소환하지만 그것이 과거에 멈춰 있는 법이 없다. 시인의 과거는 현재와 결합한 것이 아님에도 불구하고 현재성을 부여받는다. 그 때문에 그의 시는 시간이라는 낡은 울타리에 갇히지 않는다. 시인의 과거는 언제나 열린 시간이며 현재의 독자가 충분히 수용할 만한 것이다. 이때 시인은 흘러간 모든 것들

해설 - 한 생애를 관통하는 사유의 언어

에 대한 애정과 회한이라는 양가적 감정을 가지고 있는 것으로 보인다.

보수동 책방골목이라는 현재는 "누렇게 변색된 옛날 시집"을 통해 과거와 만난다. 시인은 헌책방이라는 통로를 통해 과거를 떠올리는데, 이때 시적 화자는 과거로 직접 들어가지 않는다. 시인은 헌책이라는 표면화된 상징을 통해 과거를 회고한다. 그런데 시인이 포착하는 것은 과거의 특정한 사건이나 사연, 소재 등이 아니다. 시인이 상정한 "옛날 시집"은 지나간 시간 전체를 탐문하고자 하는 요소로 작동한다. 그런 점에서 시인이 환기하고자 하는 과거는 더욱 본질적인 세계를 상정하는 시간이다. 그리고 그것은 관념화된 세계 속에서 우리의 삶 전반을 아우르고 나타내는 도구가 된다.

지리산중턱 임도林道 옆
지렁이 한 마리 죽어있다

아무도 보지 못하는 곳에
이유도 없이
홀로 죽어있다
옆구리가 하얗게 말라있다

따가운 햇볕만 옆에서 지키고 있다

콩새가 내려와
죽은 지렁이를 쪼아 흔들더니
반만 잘라서 물고 날아갔다

반 남은 지렁이는
잊힌 기억 몇 개만 들고
헌 신문지에 둘둘 말려 흩어진다

남 몰래 너 죽은 뒤
바람조차 떠나고 나면
그 자리에 무엇이 남나
바람도 그 자리에
무엇이 있었는지 기억하지 못한다

죽은 너를 보고 있는 것이
무슨 인연이겠느냐만
그 조차 여기서 끝나는구나
저 생에서는 그 자리에
산꽃으로 피어날까

해설 - 한 생애를 관통하는 사유의 언어

좌탈입망坐脫立亡이 아니어도 이제 적멸에 듦이라

그런데 오늘 왜 이렇게 서투르게 서있지?

_「산길 4」전문

　시적 언술은 묘사와 진술로 이루어진다. 그중 시인의 사유가 시의 중요한 지점을 차지한 시는 아무래도 진술을 앞세운 경우가 많다. 특히 해석적 진술로 이루어진 경우가 많은데, 삶에 대한 관조적 태도와 세계에 대한 통찰을 중요한 양상으로 삼기 때문이다. 진술은 이러한 시 속에서 빛을 발하기 마련이다. 하지만 진술과 함께 묘사가 제시될 때 시적 사유와 감각은 더 깊은 지점을 견인하기 마련이다. 시 언어 가운데 묘사가 중요하다는 점은 자명하다. 묘사는 감각적인 방법으로 시적 인식을 심화한다. 조용식 시인의 시는 통찰의 가운데 묘사에 대한 끈질긴 양상을 띠기도 한다.

　여기 한 마리 지렁이가 있다. 지렁이는 마치 오체투지를 하다 죽은 것처럼 "옆구리가 하얗게" 말라버린 채 바닥에 죽어 있다. 시인은 지렁이를 그저 응시할 뿐이다. 「산길 4」는 지금까지와는 다른 양상으로 묘사를 시 속에 적극적으

로 수용한다. 하지만 조용식 시인의 시는 「산길 4」가 아니
더라도 시적 대상이 주는 이미지를 적극적으로 차용하는
경우가 많다. 언뜻 진술이 이미지를 압도하는 듯 보이지만
조용식 시의 진술은 시적 대상이 전달하는 이미지의 감각
화된 지점으로부터 비롯된 경우가 많다. 그것이 「산길 4」
에 이르러 더욱 극대화되었다. 「산길 4」는 절제된 묘사를
통해 하나의 죽음을 제시하고 그것에 대한 담담한 사유를
부연함으로써 시적 감각과 사유에 긴장감을 더한다. 그럼
으로써 묘사는 사유의 영역을 수용하고 진술은 감각을 제
시할 수 있게 된다.

밀물이 들어온다
어디서부터 밀물이 되는지 분명치 않지만
물이 들어오기 시작하면서
개펄이 하나 씩 뒤로 누웠다

(중략)

질린 색깔은 거품의 변용이던가
거품과 질린 색깔 어느 쪽이 무상無相일까
거품이 언제 흔적이 남던가

해설 - 한 생애를 관통하는 사유의 언어

거품은 꺼지고 나면 그 뿐

바닷물이 빠진 자리에
낡고 빈 바짓가랑이가 반쯤 펄 속에 묻혀있고
빈 조개껍질과 비닐봉투가 뻬딱하게 일어섰다

(중략)

개펄에 수많은 발진이 돋아나기 시작했다
달랑게가 숨을 몰아쉬면서
다시 아플 준비를 하고 있다

_「환상통 2」전문

　묘사와 진술의 조화와 힘은 「환상통 2」에도 잘 드러난
다. "밀물이 들어"오는 모습으로부터 시작된 장면은 "개펄
이 하나씩 뒤로" 누운 장면으로 이어진다. 시적 대상을 포
착하는 관찰의 힘이 느껴진다. 시인은 언제나 응시하는 자
여야 한다. 첨예한 관찰만이 시적 사물을 파악하여 독자
앞에 부려놓을 수 있다. 그렇다고 시적 대상의 겉모습만
제시해서는 곤란하다. 그것은 언제나 시인의 사유와 이어

져야만 한다. 그런 점에서 파랗게 질린 바다와 거품이 "무상"으로 이어지는 점이 돋보인다. 이러한 시적 수사와 사유의 탁월함은 마지막 연까지 이어진다. 개펄의 숨구멍을 "개펄에 수많은 발진이 돋아나기 시작"했다고 표현한 부분도 그렇고 그것을 통해 아픔을 떠올린 지점도 그렇다. 조용식 시인은 사유의 힘이 돋보이는 시인이지만 그것은 언제나 묘사와의 첨예한 대응 구조 속에서 이루어진다.

   솔개가 타원형으로 돈다
   겨울나무들이 말없이 서 있다

   지나간 계절 내내 바람에 흔들리던 푸른 깁
   여름 한 철 빌려 입은 것들을 모두 벗어 주고나면
   흔들릴 것도 내줄 것도 없는 빈 손
   옷을 입지 않고 벌거벗은 것이 나무의 본디 생김새다

   겨울에는 혼자다
   우거진 숲으로 서서
   나무끼리 서로 이웃하여 간섭하며
   귀가 열리는 이야기들을 묶어두고 있다가

해설 - 한 생애를 관통하는 사유의 언어

(중략)

당겨 덮을 이불도 술 취한 이웃도 없이
잠적寂寂한 나무 홀로 서 있다
겨울에는 혼자 생각하고 혼자 죽는다

겨울하늘에 얼어붙은 별을 캐내고 있다
문고리에 모인 추위가 그렇듯
성긴 가지 사이로 내려오던 별
빈 집으로 모여드는 산 그림자도 얼어 있다

무거운 고요를
봄이 흔들어 깨물 때까지
겨울에는 모두 그렇게 서 있다

_「겨울나무」부분

"겨울에는 혼자다"라는 구절은 시인의 시론이자 시에
대한 투지를 나타낸다. 시인은 시를 쓰는 자는 결국 혼자
일 수밖에 없다는 것을 알고 있다. 긴 세월 홀로 견디며 쓰
는 것이 시인의 운명이며 시의 자리라는 것을 잘 안다. 그

렇기 때문에 이 시집도 가능했을 것이다. 그는 "우거진 숲에 서서" 세상 속 "귀가 열리는 이야기들을" 듣고자 한다. 다른 이들과 함께하는 세상이지만 시인은 "당겨 덮을 이불도 술 취한 이웃도 없이" 홀로 세상을 견뎌야 하는 자이다. 그렇기 때문에 시인은 "잠적한 나무"처럼 홀로 서 있는 존재이자 "혼자 생각하고 혼자" 죽는 자이다.

오랜 세월을 홀로 견뎌온 어느 시인을 생각한다. 그의 곁에 무수히 많은 세상이 스쳐 지나갔을 테지만 그는 묵묵히 언어를 어루만지고 길어 올렸을 테다. 그 시간을 감히 상상조차 할 수 없다. 그런 점에서 이 시집은 시인의 모든 생애를 관통하는 통곡이자 삶 자체라고 할 수 있다. 감각에 기댄 시와 시집이 난무하는 세상 속에서 묵묵히 자신의 언어를 탐문한 끈기가 놀라울 따름이다. 그런 점에서 이 시집은 단순한 시의 모음이 아니다. 시인의 시적 여정에 드리운 사유와 통찰이 축복처럼 다가온다.

해설 – 한 생애를 관통하는 사유의 언어

누가 무현금에게
한뎃잠을 재우는가

발행일 2024년 4월 10일 초판 1쇄

지은이 조용식
발행인 고영래
발행처 (주)미래사

주소 서울시 마포구 토정로 195–1 정우빌딩 3층
전화 (02)773-5680
팩스 (02)773-5685
이메일 miraebooks@daum.net
등록 1995년 6월17일(제2016-000084호)

ISBN 978-89-7087-152-3 03810